TRANS CEND ÊNCIA ZERO

TRANS CEND ÊNCIA ZERO

Jorge Barbosa Filho

KOTTER EDITORIAL

coordenação editorial Sálvio Nienkötter
editor-adjunto Raul K. Souza
projeto gráfico e editoração Bárbara Tanaka
fotografia da capa Victor Hugo Cecatto
produção Cristiane Nienkötter

Dados Internacionais de Catalogação na Publicação (CIP). Andreia de Almeida CRB-8/7889

Barbosa Filho, Jorge
Transcendência zero / Jorge Barbosa Filho. -- Curitiba : Kotter Editorial, 2019.
172 p.

ISBN 978-65-80103-07-2

1. Poesia brasileira I. Título

CDD B869.1

19-0303

KOTTER EDITORIAL

Rua das Cerejeiras, 194
82700-510 | Curitiba/PR
+55 41 3585-5161
www.kotter.com.br | contato@kotter.com.br

1ª edição
2019

dedico

a todos que ajudaram e tentaram impedir que este livro viesse à luz!

bem-vindos ao subúrbio da imaginação, ao bas-fond dos sentimentos! este livro que está diante dos seus sentidos físicos, intuitivos e criativos tem uma curiosa história. por algumas vezes, à véspera de ser editado, sofreu alguns acidentes de percurso, desde 2007, que de alguma forma o tornam mítico, estranho e misterioso...

não convém aqui citar o nome das pessoas, editoras e instituições que inicialmente aprovaram o projeto do livro para edição e que por motivos diversos, sejam estes econômicos, políticos, culturais, censuras e preconceitos (temáticos, linguísticos, acadêmicos e sabe-se lá sei mais o quê), na última hora rejeitaram-no com comentários elegantemente esfarrapados, generosa falsa-erudição e óbvio desrespeito à alteridade. quem de fato conviveu comigo e acompanhou todas as tentativas de edição deste, sabe do que eu falo e com certeza tenham vivido experiências semelhantes por proporem as principais características que o compõem: ousadia criativa, liberdade linguístico-existencial e transcendente fidelidade cultural ao tempo em que vivemos.

com certeza é um livro polêmico, pois nem de longe (principalmente de perto...) predestina-se a ser "politicamente correto", "bom-mocista" e eloquente nas rodinhas de classe média ao sabor de "futilezas", comentários "bijutéricos" e julgamentos com vernizes "literários bovinistas"! portanto, não se iludam, pois o que este contém, é mel com arame farpado, a lírica cachaça com cicuta e a poesia da insônia dos fidalgos. e é com muito prazer que digo: "não durmam bem", esta poética sai do ralo de suas culpas. é água suja a lavar suas caras "bonitinhas", seus corpos "perfeitos", suas almas "ilibadas", suas "polidas" hipocrisias e seus deuses com obsolescência programada...

bem... se puderem lê-lo até o final com todos os seus olhos, agradeço sua persistência, sua coragem e a educação que porventura houvera recebido, pois não se trata de um livrinho de autoajuda, de catarse idiótica, saraus de boas maneiras e churrasquinhos no barzinho ou no fundo do quintal com sambinhas corneados *et* freudianos com refrãos que exalam "minha mãe me trocou.... e agora?"

trata-se de um livro de poemas com poesias que não curará as hemorroidas do além, muito menos as tuas... apenas o levará a refletir "aonde senta?"; "como senta?" e "onde senta?"

boa leitura... com todos os olhos... sem nenhuma exceção....

nec plus ultra!

jorge barbosa filho

rio de janeiro, 13/03/2016

SUMÁRIO

ADEUSAMOR

A MANSA ARTE DA FÚRIA

transcendência muito

por Luci Collin

derrubando as paredes das palavras os ritmos que fez
que inventou pra si pra nós
bandido da poesia que espalha fascínio vaticínio
metáforas fumaças festas isso do jorge.

verso de grande risco. afora a ânsia grito por vício
por todos os poros expiando almas espuma e (drible)
saliva e beco.

esquina das bocas. canto de coragem em tudo
místico. rasgando silêncios
com heresias com bossa língua fina
diabo aqui cheio de espantos
um poeta aqui nada distraído aqui encruzilhadas
aqui punhal em forma de prece.
o sumo da ata.
as palavras peixes pra se multiplicar.
signos no labirinto. ondes que não tenhamos.

reticências quando a lua lê essa caligrafia.

TRANSCENDÊNCIA ZERO

jorge
rapsódia

para meu pai jorge barbosa
antes que ele morra

meu nome é jorge.
filho
de uma feiticeira circe,
amante de ulisses
e do prazer suíno
de seus amigos.

filho
de um pai também
jorge.
criou-me no samba,
no culto das madrugadas
pra mais além,
batucou-me grogue
com o gênio das garrafas.
em ambas
aprendi a mágica:

e sôo
jorge,
o caborje
louco cego
como borges.
prego ego solto
no eterno,
o anjo e o diabo
nas esquinas do eco,
onde peco e rebato
e mimético
meu voo disfarço.

jorge,
acima do ben e do mautner.
filho
de gerações de sensuais e místicos
da laia dos velozes e fatais
e nos bares recito:
não gosto dos ritmos do mundo
por isto
inventei os meus.
assim sou o seu

jorge
portugal que descobre
áfricas na língua
da ginga brasileira.
e desfila acordes
escambos e o escambau
pelas bahias das minas
de salomão

jorge
que amadurece barbosa
o sol de cabo verde.
filho
da luz do precipício,
lorde
no país do carnaval
e neste hospício,
bispo do rosário.

jorge
amado e odiado
bamba do império que lapido
nas madureiras, o âmbar
das terras do sem fim
e com meu verso inconsútil
invento orfeu
filho
dessa nega fulô.

jorge
de lima e grosa,
dilapido as horas
do fútil mistério
que cobre o meu sexo:
confesso,
sou lésbico com as palavras
e a túnica de minha poesia, dilacero.
eu sou bem safo!

ou meu santo é forte
filho
de ogum
e a sorte de ser são
jorge.
eu e meu cavalo
no subúrbio da lua
à galope no que valho,
cravo pelas ruas
o dragão
de meu epitáfio
sou poeta, foge!

jorge
que bebeu dionísio
na barrica de diógenes
e na fonte de belerofonte:
meu mito escorre
pela boca maldita
ao largo da ordem
onde tomei porres, daqueles
babacas,
que não fodem
e não saem de cima.

meu nome é jorge
nem agora josé
nem enfim joaquim.
filho
do tempo
e suas relações naturais
um parto de campos
e matos
onde caetano, modesto
encanta o leão
e dá o compasso
ao nosso qorpo santo,
nefasto.

e eu sou
jorge barbosa filho.
branco, negro e índio,
xamã dos meus xarás
e minha tribo me espera lá
alto lá!
jorge de bar e bossa
fio da véia teia,
na festa da cumeeira
aonde brota o mel
no mar, no céu de yemanjá:
a fina vela blues de buzuca
e a pipa gay de jorge do kaká.

ou como me chamam cá
jorge barbosa filho,
um agnóstico aflito
com espelhos vastos...
jorge de qualquer lugar!
ninguém me deixa sonhar
porque sou portela, boêmio,
um jorge e um diabo do irajá
que acena
um salve jorge
apenas num olhar.
e a minha vó... zilpa!

quase perfeito

tendo o pensamento como um punhal
rasgo o branco silêncio do papel
ferindo-o no peito.
a mão suja de tinta,
não nega o ato:
acham que cometi um crime.

poesia

poesia
não serei teu assassino
apenas teu bandido
espalhando pavor e fascínio
na língua que tento
com o punhal do tempo.

poesia
tátil, na mão
intraduzibilindíssima
imaginação.

poesia
vem cá
meu vaticínio
entre o texto e o tecido
eu te tiro pra dançar.

um canto

me arranje um canto
um lugar comum qualquer
para deitar minha voz
cansada de tanto revés.

me arranje um
para fumar minhas metáforas
pois tudo o que eu sinto
sequer é mera fumaça.

me arranje
preciso o quanto antes
das línguas acesas
na esquina de todas as bocas.

me
arranje tudo o que trafico
pois meu ínfimo infinito é
escrito perdido em paz esquecido.

fora

fui expulso de todos os bares
e de tantos lares também.
dos bancos escolares,
nem me falem.
só me restou a grata solidão
de minha coragem.

acreditei nas minhas miragens
dentro do espelho
de outros olhares.
hoje num canto, me vejo
ao avesso e escorro
em direção a todos os mares.

fui expulso de todos os cantos
entanto, fui cantado
e outros, cantei.
mas o que aguardo
em minha voz selvagem
são os cantos que expulsarei.

tou na esquina

nas horas de descompasso
passo por mim e não me vejo
cortejo-me um estranho
um amigo que não conheço.
tento o tamanho de um beijo
pro meu amor ficar atordoado
e beber todo o líquido do espelho
saindo louco do outro lado.

se sou anjo ou sou diabo
se *tou* no chão ou *tou* no espaço
não meço o tombo dos passos
vomito a rotina das razões
pois tudo me traz cansaço.
meu sossego não tem lar
quero minhas noites mais habitáveis
por isso *tou* na esquina pra me achar
ou me perder, de vez.

conta de luz

enquanto urgente anoitecem a rua
neste rápido pouco de tarde
vertiginoso em meu quarto
acendo mais heresias
antes que digam
que deus também é dono da light.

deixa de bossa

veja a bossa, seja a bossa,
esqueça a bossa e saberá
o que é bossa.
escreva de novo
um novo poema
e não faça a média
que a classe média gosta.

esse deleite
com café requentado,
não dança
e não tem requebrado,
é uma bosta.

um dia a bossa
choveu na minha roça.
roçou minha língua
até deixá-la fina,
fina demais.

gosto do samba que engrossa
o caldo, aliás,
cansei de tomar sopa rala
com a ipanêmica menina
por isso, nem vou cantá-la.

deixa de bossa
vem pra cá, vem sambar
cá pra lá, lá pra cá,
cá pra lá, lá pra cá,
e não estou sozinho,
pode crer,
no meu pagodinho.

deixa de bossa
que é macumba pra turista ver.
a bossa rosa de noel,
o samba de lua de mel.
o bom fá masturbando no sol fá
o bom tom da bossa nova.
o barquinho vai,
a tardinha cai
e no elevador jazz.

deixa de bossa
deixa o mundo
star
como o diabo gosta.
deixa esta conversa desafinada,
faz a mansidão sambar
nos abismos do irajá,
onde existe a desova
da eterna lua nova.

academias

se o corpo está feio de fato,
vá para a academia.

se guardas besteiras num frasco,
vá para a academia.

se achas o nada tão fácil,
vá para a academia.

se teu samba não tem compasso,
vá para a academia.

se teus versos são todos fracos,
vá para a academia.

se achas a vida um saco,
não encha o saco,
vá para a academia!

e se nas academias
todos o têm como asco,
não cries caso,
vá para a...
a-ca-de-mi-a...

argumento de autoridade

segundo fulano
poesia é isto...
segundo sicrano
poesia é aquilo
segundo beltrano
poesia é esta
segundo este
poesia é essa
segundo essa
poesia é aquela
segundo o outro
poesia é a outra
segundo a outra
poesia é aquiloutro
segundo aqueloutro
poesia é o segundo
donde eu concluo
segundo o segundo
que poesia é isto!

eco

eu queria compreender
essa voz
(e hoje a vejo):
o eco
chove
no molhado.

que diabo é esse?

lupus in fabula

um poema com o diabo no corpo,
não é tão feio quanto parece:
punhais acesos
no próprio espelho
em forma de preces.

um poema com o diabo no corpo
é raro à primeira vista.
prefere ver o diabo
ao advogado do diabo
e até o diabo duvida.

um poema com o diabo no corpo
fuma as encruzilhadas,
entre a escrita e a fala.
acende versos negros
e reza ciladas.

um poema com o diabo no corpo
não dorme no ponto
é um tamanho despacho.
convida à todos irem pros diabos
num passe de marafo.

um poema com o diabo no corpo,
enquanto o santo baixa no tacho,
faz o diabo a quatro
numa briga dos diabos,
onde nem sempre me acho.

um poema com o diabo no corpo
quando tira o corpo fora
fica como o diabo gosta.
transcende e alastra
o pão que o diabo amassa.

um poema com o diabo no corpo
não faz corpo mole
e engole tudo o que o envolve:
vende a alma ao canhoto,
depois se torna um encosto.

um poema com o diabo no corpo,
tão difícil de ser tocado,
é sentido por todos os lados.
tem o corpo fechado:
nunca será morto ou achado.

um poema com o diabo no corpo
é uma mulher de bigode
que nem o pobre diabo pode.
e sempre pergunta assim:
que diabos quer de mim?

um poema com o diabo no corpo
com mil diabos!
que diabo é esse?

arre!! que o diabo te carregue!

transcendência hum

a vida é uma
e tentei rompê-la.
não por falta de insistência:
várias vezes já pulei
o muro da existência
para trepar
com a mulher do meu vizinho
chamado eterno.

a vida é uma
e não tem remédio.
ela não aceita
as cáries dos meu dentes
dentro do seu tédio.
sua lógica romântica,
e diz que eu não presto:
ela não deixa
a semântica dos meus gestos
procurar o fim do mundo
dentro do seu sexo.

a vida é uma
e é muito pouca
para expor os meus excessos.
quero escrevê-la com o meu corpo
naquilo que eu quero,
por que amá-la?
ela nunca entende
aquilo que eu peço.
o amor estraga o mundo
e sempre o estragará.
mas a vida aquece o meu léxico
perplexo no seu grelo
e não para um segundo.

vamos falá-la, vamos comê-la!
vamos viajá-la, vamos morrê-la!
a alma é uma mala
por que levá-la a sério?
não há nenhum mistério:
a lama e a lava
vão pra mesma vala.

a vida é uma
e tem muitas normas,
são tantas as suas formas!
fodo com todas essas
e persigo muito mais
as minhas belas.
quando eu morrer
me enterre
dentro de uma delas.

andara d'or I

para kátia regina do morro do formiga

65 dias internado
sem cirurgia, operação ou namorada
o café-com-leite da monotonia
o nescau do tédio
esses marasmos em pó
nascem meio ao tesão-de-mijo
e o sol debaixo do lençol.

o remédio sempre pontual
as enfermeiras não ousam
como nos filmes americanos
as camareiras enrolam
o resto dos meus sonhos
e as da limpeza
varrem as migalhas
da eternidade...
preciso urgentemente
de uma cama-de-casal

na fumaça de meu cigarro
moscas, baratas e mosquitos
enjoam-se
de suas espetaculares funções
e as manhãs tardes noites
misturam minhas preocupações
às nuvens do mundo
nas janelas de fundo do
hospital.

quebrei meu braço
em dois lugares
não sei mais se voltarei
a abraçar com toda a força
tudo o que então amara
novamente
tenho vontade de fumar
mas o gás do isqueiro acabou
não há ninguém para me ascender
e não sei se amarei mais
a dormência de minha mão
izquierda.

todos os dias
os pastores evangélicos vêm
ortopedicamente me rezar
mas prefiro instintivamente
manuel e suas fraturas
suas erráticas bandeiras
ou a moça da limpeza
que vá me salvar.

hoje ela irá à igreja de são jorge
comerá feijoada
tomará um porre
roubará o cavalo do santo
e como godiva enfeitiçada
gritará nua meu nome
à galope
de quintino à lapa
da vila mimosa ao irajá.

transcendência zero

quando eu morrer,
não quero
ir para o céu
nem para o inferno:
quero ir pra onde eu quero.
pois pra estes cretinos
destinos, eu não rezo.

quando eu morrer,
não quero
choro e nem vela:
pra que tanta querela
se meu inventário
é apenas uma festa?
pra que seguir os rios
de lágrimas e fumaças?
meu corpo é como falo:
safado
sorrateiro e de soslaio.
santo do pau oco
onde na minha língua guardo
o devasso
das pernas aflitas das viúvas.

morrer é nascer
em outro canto.
é ser no ser outro ser
um estranho que toca
e funda um antigo idioma
na a trompa de falópio:
esse instrumento
que no fundo aloja
a melodia do espanto
da caixa de pandora.

quando eu morrer,
não quero lero-lero:
quero como raio
ter a cara do meu tempo
e ao mesmo tempo
o tempo que eu qucro
pra morrer de novo
no mesmo verbo.
quero morrer
instantâneo e claro
neste outro canto
contanto que seja cantado

morrer de morro, de reco-reco
sair feliz, de gozo
do outro lado, extasiado,
tendo a lua por pandeiro
e morrer planetário, pelo menos
saber morrido saciado
dentro do monte de venus,
apaixonado...

quando morrer,
não quero?
mas que assim seja
o meu antepenúltimo gesto:
(deus é viado,
não liga pro qu'eu falo
e o diabo, que vá pro diabo)
quero com a vida ser eterno
mas se nela eu não caibo,
quero viver meu epitáfio:
quero ir pra casa do caralho.

a arte da fuga

não sou afeito ao nada
muito menos a tudo
mas tento escapar vivo
do futuro.

não amo ninguém e nem
o que tento
tenho saudade de todos
quando estamos todos juntos.

chega de trabalhar a eternidade
para o nosso próprio consumo, afinal
seremos uma coisa,
uma coisa só ao final de tudo.

contudo, procuro
na arte da fuga
algo que vá distrair
meus melhores poemas
da pretensão de sê-los.

quero meus poemas imperfeitos:
um par torto de seios
na boca-livre dos puteiros.
uma festa inesperada

onde o mundo inteiro se divirta
trepe, coma e beba
todas as suas tristezas, depois,
eu saia de fininho
e deixe
a conta pra vocês.

MACUMBA RARA

nada fácio prefácio

por Tavinho Paes

... nem limão, nem lisérgico: ácido! jorge barbosa filho arranha com palavras de aço nervos de prata. lustra ouro esfregando-o bruto no couro e tirando couro da hipocrisia e da covardia da manipulada mídia. sua poesia não fantasia azia: aziaga quem tem sorte comprada, esfregando na cara a vergonha vazia da burguesia. qual adaga afiada, fia na carne seu filete de sangue: sangra capta e rapta os valores do mundo, indo fundo e fundando um fogão para cozinhar diamantes e pérolas. com esse poeta, toda palavra é pouca, fica rouca e esvai-se à poesia muito louca.

macumba rara

resumo da ata

sempre quis um poema
em forma de lou e zema
claro que zés são as claridades
de josé
obrigado por tanta beleza
pois apenas quisera sê-las
um espesso olhar de lua cheia
o delicado perfume de marilena
sua frase, sua oração
seu suado orvalho
doma os poetas
e a bolota de carvalho
que flutua no rio sagrado
acorda

com a trepada de sir william
teca, blake, shakepeare
die nacht beginnt zu werden
inaugurando outros paises
pela nati e a noite viva
iluminam verdes ísis
nas pálpebras dos vaga-lumes
e os sotaques de minhas íris
são os sorrisos das thaíses
tais as mínimas metonímias
como a mais pura metáfora

é é é é...
macumba rara
um voodoo em istambul
algo aqui perto
lá longe, lá lounge
um aguidar pra lá de bagdá
bossa da babilônia
lá longe, lá lounge
esculpe os batuques dos sins
e guia os corvos do nunca mais
ao despacho de minha poesia

é é é é ...
macumba rara
acende as sacadas do gugu
xamã no leme dos decks
e faz um samba do ben
jor atravessar a todos
para todo o sempre
e também
os tambores da romã
quando vaticina-se
dentro da piscina-se
os mais pios arrepios

o amor, desejo emoldurado
num beijo pop de um quadro
de dê, de jú, de paolo pisano
dão a certeza
que caetano é um outro jorge
e os jorges um caetano só
quero ser seu jorge
com seus traços
minha palavras, nós

um preto véio tao
índio que prisma em mim
meu amor sol
que é um animal
no palco em auto português
bem claro kanji e nu
entanto todos nós os fomos
e todos os outros fumos
mondrians nos adonirans

bebemos juntos tantas sinas
e assim assino meu prazer
com tudo mais que se precisa
pra dar sentido à esta vida
sendo a vodka da finlândia
nos lábios de ana e gisa
caçando danças dianas
com arco, dedo e o anel
do doutor (jack) daniels

auê césar! auê kaiser!
nossas ondas e ondes
surfam suas espumas de veludo
com meus versos selvagens
sem mapas, perdidos numa garrafa
mas falo de tudo e mais fundo
fecundo nossa conversa mameluca
com a voz de cazuza
e a língua da chuva

é o vinho. é o vinho
entre
o liame fino e rente
frente aline e liane
e as trufas da sica das frutas
faíscam manhãs de rimas
pela farra das zicas e as novas ciatas
anunciam a safa cachaça
da cris e do rafa
como cartolas
num reggae do rappa

mas tudo me redime
com as arábias de karime
seu vôo rasante e fotográfico
onde se encontra gustavo
com dionísio debaixo da ponte
e nas travessas comigo
pelas águas de márcio
editando os verões
do entardecer de um fósforo
ao último carinho
no estreito de bósforo

é é é é...
macumba rara
um voodoo em istambul
algo aqui perto
lá longe, lá lounge
um aguidar pra lá de bagdá
bossa da babilônia
lá longe, lá lounge
esculpe os batuques dos sins
e guia os corvos do nunca mais
ao despacho de minha poesia

burra te amo

deves sonhar jegues
saltando cerquinhas pra lá pra cá
pelo curral da imaginação,
para que farfalhes tantos
charmes de odor capim.
deves dar com os pensamentos nágua...
ainda que penteies as ideias
conforme a ocasião:
burra te amo!
meu coração é um vasto pasto,
confesso que teu férreo passo
é minha sorte, meu talismã.
ainda mais que acertei no bicho
e na intenção,
nem vou contar-te,
vou contemplar-te com cangalhas,
luas-de-feno e buquês-de-alfafa
na melhor estrebaria da região.
vem cavalgar, no meu vasto...
vasto mundo...
deleitar esporas e chicotes sensuais
zuzurrando e empacando,
amor...

samba

golfadas de fantasia despindo a lucidez...
escolas-de-samba percorrendo as minhas veias,
a chuva de prazer...
e a certeza de um céu constelado de bucetas.
mulatas rebolando úmidas em minhas línguas,
seios em sensual desespero escorrendo
em meu peito como morros e favelas.
piratas saqueando o ouro de minhas palavras
e as enterrando sem mapas
em algum canto de tantos carnavais.

sons e visões da negritude...

um pierrot decreta cambaleante
a eterna quarta-feira de cinzas...
e um ser...
um ser fantasiado de cachorro,
lambe a minha cara:
não foi cultura e nem raça,
foi coca-cola com cachaça!

marcha da camisinha

ou soneto em que os feios justificam os fins

carnaval, suor, balões de camisinha.
peidos de confetes, espermas em serpentina...
entre tantas, a sua máscara
me chama de meu príncipe!

maquiavélica, você soletra
o mau hálito das marchinhas.
sei que os feios justificam os fins
e uma de vênus... você quer dar!

bêbada de tantas fantasias,
botou uma camisinha listrada
na minha perna de pau de pirata e...

(aí a poesia escapole)

finjo ser um sacerdote
enquanto você roga
dentaduras para espermatozoides!

lírico irajá

casual casal
trocam aspas e caspas amantes.
beija-beijam-se.
sarra-sarreiam-se,
aia-aiam-se,
rápidos, fogosos, nefelibatas:

– vô ir-mi já...
– não, não vai!
– vô...
– n ã o!!

briga-brigam-se ainda
nublados na entremanhã.

esquinas virgulam soluços
e pica pingando.

o dia é um rescaldo úrico
na língua de dona maria.

azar da viúva

viúva janelando lamenta
olha pro céu, procura marido.
doidinha de luto,
pergunta se urubu vai chover:
urubu com diarreia
dizia que chovia,
comendo fofoca.

pós-porre

era um dia sem sexo:
não chovia e nem saía de cima.
o corpo da cidade
envolvia-me em ondes
por onde eu não sabia.

eu via mãos:
mãos que acenavam, mãos que apontavam, mãos que
pediam.
mãos em demasia
nesta tarde nublada
de ásias ou de azias.

eu lia o mundo
de dentro de uma garrafa.
gemia cantonês e traduzia
as frases à deriva
na convexa ressaca:

as ondas irritadas
das metáforas
chocam-se, furiosamente
contra os dentes
e quando abro a boca,
as palavras
são peixes
fora d'água.

porta de banheiro

aqui jaz um
que cagou
e
assinou com as próprias fezes
todos os seus atos.

aqueles que se dizem heróis
e
ainda não houveram cagado,
que atirem a primeira
merda.

clima

nu vejo
nu vais
nu vem
nu vemos
nu vinde
nu vão

corda no pescoço

eu ando quebrado,
sempre enforcado.
corda no pescoço,
sem nada no bolso,
e quando estou aflito
provoco uma fogueira
pra matar cachorros a grito.

sei que os bares querem receber
a conta que eu faço
até ao amanhecer,
mas xaveco toda esta ilusão
e sempre vou pra casa
de camburão.

minha língua de lado,
saco arrastando.
corda no pescoço,
nada de novo no bolso.
vou me ajeitando.
trago os bagos na marmita
que essa vida louca frita.

no meu quarto, lá na pensão,
vejo a minha cara de liquidação.
sinto o cheiro da medonha solidão:
peido para me sentir folgado,
e tiro par ou ímpar
para ver quem é que fica.

sempre ando fodido
com o traseiro ardido.
corda no pescoço,
sempre nada no bolso.
sou um malandro agulha
que na fila se orgulha
de nunca perder a linha.

tenho curso superior completo,
mas o que me deixa inquieto
é esta visão
de passar a vida estudando
e depois morar com luxo
numa prisão.

vovô viu a vulva

poema didático

na capa uma caverna
com fogo já inscrito,
eu abro tuas pernas
e vejo o mesmo livro.

lido em tuas coxas
com muito capricho
as palavras soltas
gemem hieroglifos.

minha voz todinha
ouve tuas gravuras:
“folheia a minha vinha,
soletra as minhas uvas”.

o livro está vivo!
o livro atrai sentidos!
o livro é infinito!
do qual ninguém sai vivo!

deixa eu te chupar
enquanto você lê
para sussurrar
o que você não vê,

quero me perder
no fundo dos teus cachos
pr'eu poder beber
da fonte onde nasço.

é... é... é... é... é... é... é... é... evoé baco!!!

vamos fazer vinho?
ê... ô... ê... ô...
vamos fazer fogo!
ê... ô... ê... ô...
vamos ler de novo!
ê... ô... ê... ô...
té viramos bicho!

delibo tua adega
com a adaga da minha língua,
deleito sempre em festa
o leite da leitura.

teus lábios na minha
espumam minha lábia,
páginas que viram
mil noites das arábias?

lambuzo o meu rosto
na tinta da história
para ver de novo
o fogo da sua obra.

o livro está vivo!
o livro atrai sentidos!
o livro é infinito!
do qual ninguém sai vivo!

deixa minha sede
sedar todo saber
entre tuas pernas
a cura da loucura!

tou ficando velho
e muito safado,
de tanto esquecer
eu vou ficando sábio.

é... é... é... é... é... é... é... é... evoé baco!!!!!!!

vamos fazer vinho?
ê... ô... ê... ô...
vamos fazer fogo!
ê... ô... ê ...ô ...
vamos ler de novo!
ê... ô... ê... ô...
té viramos bicho!

omofobia

old mother owl

omo ludens
omo sapiens
omo fabers
omo eretus
omo habilis
omo sexualis
dá o branco
que sua família
merece.

não freud

esse negócio
ab$trato
de irmos pra cama
eu & você
tua mãe meu pai minha mãe teu pai
é indecente demais
mas
é muito mais
e s t é t i c o
barato e honesto
falarmos às vulvas e falos
da humanidade enfim
transando conosco
língua após língua
um bacanal complexo
no embalo da rede
de bakhtin
s i m.

em nome

para airton stori
físico, humanamente físico...

em nome
do pai
do fumo do filho da grana
do álcool dos espíritos do mundo da fama
das drogas do mundo o êxtase das modas do mundo
a vagina da cama o falo
do coma
dos sonhos do mundo
a foda
da trama
do palco
das máscaras do mundo
a merda
da forma
do fundo
das estruturas do mundo
a mola
da bala
da vala
dos mortos do mundo
o mudo
da muda
do mundo
das flores do imundo
amém...

remédio manifesto

para a pobreza de espírito
os pingentes de ouro
                                        da religião.

para os mistérios da mente
os secretos shampoos
                                        da iniciação.

para a idiotia míope
os óculos escuros
                                        da erudição.

para a harmônica surdez
os precisos brincos
                                        da escravidão.

para a civilizada gripe
as perfumarias
                                        da revolução.

para o paladar dos parvos
os supermercados
                                        da educação.

para o pastoso talento
o papel higiênico
                                        da televisão.

e para a epidêmica sandice
vide a bula
                                        da evolução.

meu anjo da guarda me pegou cagando

para vanderlei weschenfelder, a escultura

meu flato fanho assobia
uma melodia gasosa
com suas flores amorfas.
e em sua epifania
(nem de ontem ou agora),
a gula viva de outrora
anuncia minha intestina
agonia infinita.

véspera de hecatombes
onde, entre os homens,
borbulho o que sinto
e invejoso me vingo
de seus horizontes.
o ar de suas alegrias, definho
sem jeito, como ou aonde,
solto mil bois divinos.

infesto a eternidade
com odor duvidoso
de tênue bondade,
mas cobiço as beldades
e os tesouros dos outros.
quando pensam que dôo
a lei da gravidade,
flutuo, explodo,

espalho meus vícios
por todos os poros
e se a alma expio,
relaxo com reforços.
se existe o difícil
(é disto que eu gosto),
desloco o impossível
por isto me borro.

a comédia divina
percorre minhas vísceras
em onírica soberba.
como reza a bíblia,
sem eira e nem beira,
da cósmica poeira chega
e fina o que se destina,
a merda em suas bigas

no cu do mundo,
na casa do orvalho,
o jardim das delícias, fundo
e afundo no ato falho,
alhos com bugalhos.
meu desejo confundo
ao todo confuso,
lúbrico no sanitário

esqueço onde estava
e pelo espaço errando,
caíram minhas máscaras
no vaso urrando
só, na ira, não podia nada,
isto foi quando
meu anjo da guarda
me pegou cagando.

ADEUSAMOR

adeusamormarginal

por Ricardo Corona

a poesia de transcendência zero é direta feita um não. e o monossílabo vem, assim, na cara. mas é um não que tem ginga, malandragem, rodagem... e isso diferencia essa poesia daquela que costumo dizer por aí que já me encheu o saco (aquela dos falsos marginais que... bom... deixa pra lá... fica pra outra, pois aqui não há espaço e fecho logo esse parêntese). sei me contemporizar com a malandragem de um poeta. identifico (pelo vorticismo poundiano da imagem refletida no acoplamento de espelhos), indícios de pelo menos dois tipos de malandragem poética. primeiro: glauco mattoso. a ausência da forma (ou "fôrma", como o próprio glauco me disse certa vez em são paulo, recém-cego e com a cara lambuzada de maionese vinda de um lanche "beirute"), o que não é necessariamente um problema, considerando que muitos poetas simplesmente caem do cavalo ao tentarem domar a poesia pela técnica como se o bicho fosse domesticável, e, deste modo, aqui, passa a interessar que o verso igualmente desboca, abre as pregas e expõe as firulas da literatura, do *status quo*, da vida e escancara o que, particularmente, mais me agrada: o quanto a poesia não é literatura. bufem à vontade, nobres leitores, mas poesia não é literatura.

aliás, é o que liga a malandragem da poesia do jorge barbosa filho à malandragem do outro malandro, o segundo: aldir blanc. a faísca deste gênio da poesia cantável feita de becos & bares & bebedeiras, o autor soube traficá-la para os seus poemas sem perder a devida originalidade. justamente porque o autor esbanja vadiação. o samba do subúrbio, que rodeia a bela rio de janeiro e respira nas entranhas da música brasileira está neste livro que está nas suas mãos, caro leitor. aproveite bem essa poesia, entra com tudo neste livro e saia dele cantarolando. dou até a dica. talvez o melhor poema-samba do livro: "que diabo é esse?" uma palhinha: "um poema com o diabo no corpo / fuma as encruzilhadas, / entre a escrita e a fala / acende versos negros / e reza ciladas." demais, não? um brinde ao jorge, o último marginal!

nosso mundinho

para rose mary da fonseca santos, a maga

éramos
todas as noites
(após um dia de trabalho)
milhões de seres
desperdiçados

diamante

para lígia negri, a língua

a mulher que delicada me
          lavra e lapida,
          está em mim:
rezas, unhas e ventres.
é a antiga mina e
                                        oculta enfim
a pedra bruta
                                        os meus dentes.

a mulher que delicada me
          lavra e lapida,
          está em tantas:
marias, cassandras e normas.
é a nua sombra e
                                        chama agora
a fruta morna
                                        as minhas línguas.

a mulher que delicada me
lavra e lapida,
está em luta:
santas, mães e putas.
é a dura amante e
espuma assim
a gema clara
as minhas salivas.

a mulher que delicada me
lavra e lapida,
está em dia:
papéis, fendas e tintas.
é a pura palavra e
fina apenas
a jóia tensa
as minhas sentenças.

terceira pedra

para rose mary da fonseca santos, a maga

inscrevo nessa pedra
com saliva e suor sereno
o epitáfio vivo e ingênuo
do meu nome e do meu ser em volta.

inscrevo, ainda mais, nela
com sangue e sêmen de astronauta,
a história dos vôos da alma
naquilo que serei, sou e era.

essa coisa que no céu levita
e no nosso ser navega,
uiva em tuas mãos aflitas:
as línguas do mar e da terra.

uma lua cheia de lua nova,
fúria de imperfeita forma
que no fundo, é um afago que te acalma
onde quer que eu esteja,

pois nela não há alguma ciência:
há apenas a terceira pedra,
a distância que nos integra
em nosso olhar de reticências.

cantiga

para marilena frazão, as canções

quando eu for
embora novamente
de dentro de ti
não deixarei bilhetes
delírios nos guardanapos
nem o resto
de meus poemas
nem os mapas
de minhas cachaças.

que não sigas
o cheiro e o rastro
daquilo que faço
num assobio sorrateiro
que não me encontres
nos bares ou recitais
e na boca dos porteiros.

se nos puteiros
de tuas tatuagens.
teu batom sendo tão parvo
com este hálito neon
que acendem, apagam
dizem: nunca fique
nunca esteja, nunca venha!

se estás tão esganada
numa esquina destas...
destas entre outras
existe um lugar comum
só esperar o cauby cantar
conceição
agora só na próxima
encarnação!

flor de lisboa

para ana griffo antunes coimbra

perguntei pro cantar
por que canto?
enquanto encanto a dor
num espanto.
luas e sóis na minha voz
e a canção por um fio.

ah! fina flor de lis boa
ah! na boa coimbra.
és leve águia, leoa
e soas por entre as sílabas.

teço teu fado alado
e grifo teu mito,
teu sorriso de fato
finda os conflitos
na fúria dos ventos impunes
ante a tudo, que antes une...
ah! naquilo que musico
amar ana grifo!
é ter charme castelã
e deixar-me reis dos teus fãs.

oceânicas perguntas
cavalos marinhos
acesos em minha boca.
azuis, azuis no mais íntimo
espelho que despe-se à toa:
numa mulher não vi tantas!
há braços de porto e gal.
ah! colhem-me caetanos e
as caravelas voamos
ás nossas praias de mel e sal.

contemporaneamente antigo
é meu beijo de porquês.
este poema é um jeito
de viajar um pouco contigo
sem que as malas as tenhas feita.
assim te amo em português.

ad hoc fado

para ana griffo antunes coimbra

"cansei de falar que o amor
mora em minha língua,
se és coimbra, lisboa e portugal...
arranjo um jeito pra chegar até ti,
nem que seja de nau!
pelos mares bravios passados,
mando-te apenas um recado:
em faróis...
eu te amo!

não quero mais chorar
o que foi chorado,
quero algo ainda que sobre
um bom trago...
pois desta vida
bebo tudo
e mais um bocado!

este porre eterno
de humanidades
traz o mesmo tédio vazio
de todos os remédios
pra diferentes afinidades.
talvez te curem!

esta latrina imensa
que é o mundo!
estou cansado dos brancos
que mandam suas deveras
pintando o mundo de branco,
deixando pra negros
e amarelos um grafite
no final do muro!
juro... eu só queria dar um beijo
num futuro quadro!"

assinatura

para ana griffo antunes coimbra

tento ir em prantos
mas choro de tanto de rir
em cantos escuros
onde sou muitos e tantos.
minha solidão é fiel
ela não me deixa só,
ando por aí contido
como espelhos.

não procuro cheques,
sheiks, ou o x da questão.
procuro um antídoto
algum nome, um som
sem bilhetes suicidas.
ganhei-me pelas frestas
e mesmo sendo assim,
dei uma imensa festa
dentro de mim!

até que enfim,
fiquei lindo a noite toda
para esperar por mim,
mas não fui, não vou, nem vim.
as luas dos meus lábios
incendeiam-me insensato
nesta espera sincera,
esqueço quem sou
e lembro quem flui.

passaria séculos convicto
em ser uma oitava acima
de marte e plutão.
mas meu amor não cabe
na boca de um vulcão.
meu umbigo é um big-bang,
apenas um improviso,
uma fuga de jazz band.

tango

para joslei silveira, a jô

não temo o medo,
mas o tempo da covardia.
e a insânia destes
mesmos dançantes.

todos os poemas surgem
debaixo de minha língua
subterrânea dos fatos
intestina dos atos.

fui aquilo que fluo
sou o que inventara:
sopro com todas as forças
o carinho de tantas danças.

ventos cheios de faíscas
falares inversos de iscas
desmaios das odaliscas
tangos bem vigaristas

versos inauditos
passo a passo malditos
mantenho sempre vivos
incêndios nos olhos tranquilos.

a arte de amar

de ouvido

ok, amor.
não vamos discutir.
chupe meu pau
e eu, a tua xoxota
e estamos conversados.

angela

para a minha rô rô

essa moça
quando canta blues,
lembra a leveza
de um zagueiro
do bangu.

e quando canta,
leva a certeza
de um drible de língua
e um beijo
por de baixo das pernas.

essa moça canta
uma partida
de um amor perdido,
mas no último minuto
ganha-o no grito.

sempre livre

a paixão sangra,
mas amor, amor,
a gente esquece
entre as pernas
de outro amor,
amor.

mas amor,
por que amar
se amar é dor?
por que sangrar de cor
o menstruo higiênico
das farmácias,
amor?

não há remédio,
amor.
abra as pernas
para eternidade
e faça saber ao mundo
que entre elas
há algo doce
e sujo.

lua nova

para marilena frazão, as canções

eu não queria ir embora,
embora te esperasse aqui,
fora de mim e de tudo em volta.

esse em volta traz em si
um silêncio mundo afora,
afora a ânsia da demora.

a demora de certa forma,
forma um fino canto
que encanta quem namora:
essa loucura era uma roda

que roda a te chamar a toda hora
e que por ora, no entanto
não preciso mais agora,
agora que já fui embora.

não me ame nunca

para rosane barreto

não me ame nunca
dizem, sou muito perigoso,
pois se te beijar a nuca
acabo te roendo o osso

da tua doce espinha
falam, é a minha arma,
pra me valer nas esquinas
e chegar ladino em casa.

não me ame nunca
dizem, sou muito pirado,
meus carinhos nas luas
não valem nenhum trocado.

acho que minha fama
não é assim tão pequena,
gritam, que só valho a pena
quando te levo pra cama.

não me ame nunca
dizem, sou muito bandido,
roubo sua alma e chuvas
e depois acabo fugindo.

perca a esperança então
rezam, sou homem e menino,
brinco pelo seu coração
que bate sempre arrependido.

não me ame nunca
dizem, que você me ama
enquanto tudo te espanta
não me ame nunca.

queimar

para marilena frazão, as canções

não me toque
estou encantado.
morri ontem
entrei pra eternidade
com todo o futuro
enterrado.

o fio de mel
em minha língua
de arame farpado
secando as roupas
das brevidades
no horizonte.

não, não me ame
onde finda o olhar
cruel dos amaciantes.
apenas me chame
pra deitar ao sol
de tua boca infame.

que horas são?
preciso encontrar
um tempo
enquanto é tempo
antes do agora
em combustão.

réquiem prum inimigo

para marilena frazão, as canções

eu fico extasiado
com teu olhar de abismo
onde me atiro,
e procuro louco
o meu abrigo.

enterrar meu corpo,
no cemitério
de teu sorriso...
é vôo impreciso,
e minha língua prova
as asas de tuas salivas...

ah! me leva pro céu!
só pra soprar um risco...
uma nuvem...
me faz um anjo lindo,
enquanto eu traço
a dor que imagino.

chorei bastante,
te enterrei dentro de mim
me matei, te matei
tanto, que nem te digo...
você morre comigo!
o dilúvio das fronhas
não eram apenas chuvas!

ei, baby, aceite
o bônus track
da escuridão
de nossas palavras...
perdi a noção do perigo
te deitei na minha cama
pra sonhar contigo
e acordei com o inimigo!

mas ainda estou vivo
quase morto,
não sei...

adeusamor

com uma mijada
escrevi seu nome
enquanto caminhava.

a lua tola lia
minha distante
caligrafia.

madrugada escorria
pela rua, nem lembrava
como mesmo se chamava?

beco

sem bandeira ou beijo
pela passeata do desejo
empunho as certezas
que descreio:
o país que não vejo,
o amor que não veio,
a palavra que não tenho.

na multidão, aflito
prorrogo o meu grito
e o ritmo das estrelas.
assisto,
meio esquisito,
ao fogo do meu signo
dentro do labirinto

sem fim e sem começo,
tudo aquilo que tento
é beco.
e que assim seja,
sair da vida cedo,
amanhecendo
com o coração aceso.

A MANSA ARTE DA FÚRIA
[WORK IN PROGRESS]

textos começados em 1982 e ainda inacabados.

dedico este trabalho em movimento e ainda inconcluso (por diversas circunstâncias adversas criadas por minhas concepções de vida e arte, e outras pelas ciladas da vida) aos novos mestres e criadores de linguagem (na terminologia poundiana) que, apesar de todas as circunstâncias da vida cultural e artística deste país, se superam e à própria realidade, fazendo realmente aquilo o que entendo por verdadeira ARTE! para esta laia dos velozes e fatais, a minha mansa arte da fúria!

gostaria de citar tantos & tantas que fazem parte disto, mas seria injusto esquecer alguns. ressalto alguns poetas de extrema qualidade, profundidade e refinamento que ainda não lançaram seus livro: os paranaenses willian teca, carolina miotto schiontek e os cariocas glauber lauria e paula mairan.

portanto com todos e para todos, boa inconclusão!

quieto inferno

versão 1

primeira parte
— épica: proposição — freud: condensação

explodo

dos gozos dos atritos
dos amantes dos aflitos
dos inventos dos infindos

nasço conflito
e são
línguas o meu corpo
falo-me fogo
queimo-me as línguas
e mordo-me
é meu sopro um esporro:
língua dentro do fogo
fogo dentro da língua
e meu início é o meio do meu fim

como o fogo como a língua
me alimento da saliva
da luz que é lida
como um faquir come
a própria cama
e cospe em escamas e carne viva
a sua coma
em forma de agulha
na calma fúria
de uma lábia ou música
e a boca espuma
a fala a falha a fagulha

grunho imagens
e dessas garras
rasgam-se paisagens:
assim animo o todo
e o mundo todo movo
eu sou língua, eu sou fogo.

em mim ninguém
e nada vive ou é vivido:
tudo é vívido
tudo é cio, cicio,
brilho repartido

enchamo-me xamã
um mero nero acesso
em sexo e romã
sou a minha cura
e talvez a sua
loucura, mordo

o químico o físico
em alegre desespero,
e vomito
suas brasas filosofais
seus adamos

sou meu mito
meus eus meu zeus
dos nuncas cheios de agoras
e eternos jamais
mas
basto-me bastando-nos

sou o novo de novo e
minha voz crepita
onde a corda estica
o pescoço do enforcado
que na boca de uma viola
e evola-se
na música críptica
do ser inferno que

envolto (quieto) envolvo
em bafos & atos
em gritos & grifos
e na memória seco
um eco que ecoa e coa
o caos aos cacos do acaso

meus sonoros vinhos!
embriago-me dionísios.
minha fumaça dança
lanças de venenos
em teu olhar boquiaberto

não tenho sentido
chegue mais perto!
escute o meu perigo
olhos baços e feridos,
farelos do universo

sou o incêndio no travesseiro
e alastro sonhos
uma espécie de vampiro
que fuma o que é esquecido
e o que você não viveu
num dia inteiro
renasço em um sopro
sou o ar e a combustão
amigo do vento e do invento

meus amigos
esses maus elementos...
fogo...água...terra e ar...

eles me experimentam!

com a minha pele
aqueço a sua
secreta ira:
pira na sua pira
o seu sacrifício
o nosso ofício
pelos caminhos
metálicos dias de vidro

por amor, você
com ódio chama o meu nome
chama chama chama chama
e reluz as tuas rezas
e defumam seus pecados
a sombra de suas cegueiras
a arte de iludir-se
por isso, durmo acesso
pois a minha volta
ruminam noites e medos
em minha volta
dançam ladrões e famintos
índios e assassinos
festas e namorados distraídos
à sombra dos naufrágios
recados requentados
nas garrafas e nos pratos
e bem vivemos bem:
juntamos nossos rangos
nunca nossos,
hálitos

labiosoletro
séculos inteiros
e as pétalas de suas vaginas
são instantes incontáveis
na cópula dos tempos

alastro
séculos inteiros
e minhas centelhas são estrelas
e lavas impronunciáveis
pelos dedos

reflito
séculos inteiros
e os que de mim têm medo (pejo)
são mortos
perguntando-se nos espelhos

segunda parte
— épica: invocação — freud: deslocamento

verbo

mesmo sem nome
sem jeito ou sujeito
músculos ou ossos
eu sou nós
nós de nós
nossos sós
a voz dos nossos avós
nós
atadas nos gogós
eu vamos
nós vou
juntos...
(ó u auê aí ó)
pois sou um canto
um elo
entre outros tantos
carnes de minha carne
a rugir

quentes lugares
sem saber o que
assobio dentro de meu nome
um encanto invisível
em minhas línguas correntes
que nos ata e nos prende
trai-me quem me traduz
pois fundo no fundo
o liame
que você consome
em céu, mel e sangue
e no paladar de minhas cinzas,
gargalha,
chama-me loucura,
pois meu olhar é um risco
um isto
que funde-se arisco
à sua boca bêbada
quando você desata
o sol do chão
sonha uma teia de sombra
e forja tenaz em brasa
e encarna
o óbvio mistério:
palavra, palavra,palavra
apenas palavra
nossas cadeias, nossas sentenças, nossas casas

palavras fora de si
que tentam fugir
de dentro de si mesmas
no meio de um gesto
que jamais será completo
belo rebelo rerrebelo!
ato o animal ao além de mim
e estico um sorriso
em cima dos abismos
de onde faço falar as coisas
que insistem em manterem-se mudas: moucas?
mastigo os ossos de nossos ritos
e escarro sensuais instintos.
o risco é o idioma que mais vivo
traço
e não tenho sentido.

terceira parte
— épica: dedicatória — freud: dramatização

poemo

o meu corpo ao seu
fato e aos nossos
tantos outros
espetáculos
danço: logo existo
pois tramo fio e falo:
a vida é lida
a vida é lida
a vida é foda
e não relaxo.
faisco minha cifra
excito o raio, a escrita
e a sílaba sibila selvagem:
de que falo?
de que falo?
se o orgasmo é minha sintaxe
adivinho os meus gritos
quimeras de improviso.

serão sêmens os meus versos
sem cabeças e nem ventres
serpentes sem nenhuns sempres?
linhas sem horas
ou limites cartesianos?
finjo flores e fósseis
e teço um fino colar
de vozes abelhas e vespas
à uma linda senhora
e firmo a agulha do instante
no impulso do infinito
da aurora
e o prazer é o meu trabalho
transpiro borboletas
e são pássaros as minhas páginas
meu livro é uma vida aberta
ateio o corpo na paisagem impune
até arder
mas
trai-me quem me traduz
pois o momento é o melhor presente
e todo presente é de grego
dentro do mesmo presente
ardo e fulmino
e não tenho sentido
etc e tao.

quarta parte
— épica: narrativa — freud: simbolização

ainda não existe...

quinta parte
— épica: epílogo — freud: elaboração secundária

poética de custer
poeta bom é poeta morto.

a norma

a norma
é uma boa menina
a norma
é apenas um ponto de vista
a norma
lá no fundo brilha
a norma
toca piano, pinta e borda
a norma
é filha do modesto e da cândida
a norma
é a nora que toda mãe queria
a norma
é a parente que toda família adora
a norma
prima pelo meu dia a dia
a norma
é a irmã das coisas postas
a norma
é só o que ela precisa
a norma
é a moda e o estilo de vida
a norma
está na boca do mundo

a norma
é o batom das coisas mornas
a norma
só fala da boca pra fora.

a norma
insiste em cuidar de mim
a norma
não me leva a sério
a norma
não me deixa quieto nem dentro do boteco
a norma
não suporta minha cachaça mas
a norma
pede qu'eu deixe um pouco pro santo
a norma
é cheia de nove horas
a norma
regula as madrugadas
a norma
roga que eu vá logo embora
a norma
me espera evidentemente

a norma
não me aceita com outra norma
a norma
para deus implora
a norma
não me dá folga.

a norma
adora que eu ande na linha
a norma
me adivinha na palma da sua mão
a norma
escreve certo por linhas tortas
a norma
anota o meu destino
a norma
diz que vale o escrito
a norma
finge que não joga no bicho

a norma
me adota no seu rascunho
a norma
aposta qu'eu vire um defunto
a norma
é uma alma de outro mundo

a norma
acredita na reencarnação
a norma
requer que eu me repita.
a norma
quer ter relações comigo
a norma
me quer correto politicamente
a norma
não me deseja negro nem viado
a norma
é gay e afrodescendente
a norma
é toda prosa
a norma
se pretende culta
a norma
evita o uso da língua naquilo
a norma
não gosta sexo explícito
a norma
masturba oculta sua gramática

a norma
está sempre de regra
a norma
quer me dar as suas formas

a norma
é a camisinha
a norma
reclama que só faz no escuro
a norma
ainda sim, pede que eu goze fora
a norma
não fode e não sai de cima
a norma
é a lei da gravidade
a norma
brocha tudo que desabrocha.
a norma
fode minha paciência.
a norma
é aparente e exigente
a norma
é uma demente que nunca perde o juízo
a norma
é normalmente anormal
a norma
é responsável pela minha loucura
a norma
sempre tem razão
a norma
tenta me educar num hospício
a norma

quer me civilizar com diplomas
a norma
investe em todos os meus vícios
a norma
é uma filha-da-puta
a norma
odeia a vida e os meus amigos
a norma
é a pior mulher do mundo
porque a norma
é apenas uma abstração.

a mansa arte da fúria

levantar, e não ter medo das manhãs...
eu não preciso.
eu não preciso
saber o nome das coisas
para saber
que elas existem.
minha cara inacabada
e a nossa decepção
de não mais fazermos
sonhos com as mãos.

como seremos sem as mãos?
seremos humanos
quando descivilizar-mo-nos?

é... minha língua está grávida
de amor e agonia

eu não me arrependo de ter passado por aqui.
é, foi gostoso!
a vida não vale um livro
mas juro...
um dia eu me livro dela
a partir de agora, morte,
eu te declaro minha parceira.

sou tudo isso que você
vê e fala...
e o teu tesão e medo
imagina...
menos o que você quer.
você conhece a minha
generosidade,
mas não a minha,
fúria.
você conhece a minha
doçura.
você não imagina a minha
loucura.

somos um poema
em linha torta,
das ruas tortas,
das estradas tortas...
somos os nossos bandidos
que tanto execramos e
é inexequível
juntar nossas tudo
o que sonhamos!

um baixinho joga fumaça
para ficar mais alto
e parecer mais etéreo
que um homem,
para se sentir um sonho
tragado fora de si.

enquanto isso, um trem passa
grande e invisível com sua fumaça
em nossos corações...

passa...

quem acha que se achou
já está perdido.

até mais!
o trem passou,
e não nos encontramos
nesta estação, pelo menos....

não me obrigue fazer
nada daquilo que eu quero.
você sabe o que é o nada?
o nada?

nada? nada? nada?

o nada é um canto
onde alguém pode se achar.
o que é que você acha?
a força de um poeta
está no seu perguntar...
no seu fundar...
no relatar o profundo
de uma história e uma
cultura!
e este a transpassa!

alô, mãe...
você já falou com deus hoje?

muito prazer...
... deus pagará todas as cervejas
desta mesa, hoje!
e depois de embriagados,
saquearei tuas civilizações,
inventarei outras estações...

vocês já viram a singeleza
violenta da luzes de inverno?
já as viram dançando?

é muito claro que não...
vocês não viram nada.

nada é muito importante,
mas algum dia vocês verão.
verão...
eu leio.
eu leio...
a faísca da sinceridade
nos seus olhos outonais.

eu estou falando
com todo mundo e
com ninguém
(lembra-se da primavera do ciclope?)
ninguém, ninguém, ninguém, ninguém!!!!!!!!!!!!
já me viu passar na rua
muito louco de gente?
já me viu dançando?
saia da minha frente
que aí vem gente!!!
torne uma coisa insignificante
e você verá o quão importante ela será.

eu estou procurando.

eu estou procurando.
alguém que tenha algo
raro para me dar
vocês podem me ouvir?
vocês podem me ouvir,
crianças?
eu sou um
eu sou tão simples
eu sou deus:

eu sou um incêndio
um in - sem - dio.

o que você faz é ciência.
o que eu faço é vida.
sou a cor das suas unhas,
gasto e vivido
das carinhosa mãos
das putas.
o arame farpado com mel.
quando você ama o momento
e crava no corpo exato
o estouro, a explosão
aquela sensação, lembra?
eu, já.

com o cão aceso.
pronto para disparar.

eu tenho algo quente para dizer.
eu não preciso de algo
quente para dizer
aquilo que coube na minha boca.
quando se tem que ganhar dinheiro
não se vive:
os bandidos são mais precisos.
então toma!!!!!

na hora que eu começo
a soletrar as cáries dos meus dentes,
saiam da minha frente...
você me conhece,
você me merece..
nós nos merecemos.

só fica perto do fogo
quem não tem medo
de se queimar

tens medo?

tens saudade da minha luta?
"o leve caminho por entre o inferno"?
é... uma luta que inventei...
onde só os caras podem ser mais caras...
não existe medo melhor...

eles fazem parte do mesmo rosto:
um olho e outro o outro.
olho.

já se olhou no espelho?
ele me fala
a mesma coisa:
os sertões
o sertão
o ser tão
o ser tao
o ser
tá?
legal?
estou só.
só.
e mais ninguém
cheio de gentes
as minhas gentes.

na hora que eu mais preciso
nada funciona.

a gente faz só poesia...
quando não pensamos
é que as noites foram frias, intensas,
quentes...
o nosso remorso é o começo
do amanhã.

um poema é inútil.
existe sempre uma coisa
nos autorizando falar.
existe uma necessidade no am
existir?

escrever com o meu corpo
a minha lápide.
cantar para morrer
e precisamos todo dia
cantar para morrer

falamos
e nos matamos sem causa...
tenho de deixar os insetos pas
eles fazem parte da vida.

viver é como?

eu sinto...
meu coração já marca
as horas d'eu ir
que horas são?
que horas
são?

no mundo há dois tipos de pessoas:
uns que são...
e aqueles que estão...
eu sou...
manja as descoisas...
olhe para o seu lado isquerdo,
leia, apenas, leia.
temos que viver aquilo que somos...
eu vou virar esta página
do nosso rosto.

quando nós estamos falando,

estamos falando de nós.
nós...
nós, nós, atados e
chegamos a uma civilização
em que os homens são
os conteúdos
e as mulheres, as formas.

evocar o todos
para falar de mim.
eu aconteço...
e são tantas as pessoas
que seguram a minha caneta
que eu sozinho não consigo.

a criatividade é essencialmente anônima
o sol é anônimo.
o dia é anônimo
e quantos anônimos somos nós.

todas as noites
levamos para passear
nossas solidões
em pelos e línguas.
são os cachorros...
qual é o nome de sua solidão?
rex, dick, bandit,

para escrever só
precisamos descrer,
minha língua está áspera e descrente
e nossa inquietude pede socorro
onde colho minhas incertezas

quero ser o poeta dos cachorros.
quero me bastar num esporro.
eu fui ver se eu estava na esquina
numa noite sem script.
e não me vi. nem eu
e nem o cachorro!

pignatari
enclausurou em um out-door
um poeta ou algo assim.
um grande ditador.
todo mundo tem um no quarto. enforcado!
esbugalhado na parede.
o homem é uma necessidade,
uma palavra com pernas
e havemos de andar

essa ausência de som,
em sua morte mais clara.
estas saudades das gentes...
minha curiosidade é imensa
é qu'eu quis apenas ter
a cara dos meus sonhos.

apenas...

febre amarela...
morar dentro da língua.
a gente começa morrendo
aquilo que éramos
(quando nos fundamos).
quero os falares portugueses,
aqueles quando nos fundamos e éramos verdes.
a mulher, esta misteriosa negação,
cagando risadas.
um dia você vai me entender...

são poucas as coisas bonitas.
eu não consigo estar
em todos os lugares.
eu gostaria.

e existem fatos mais estimulantes:
é difícil a gente ter um cachorro
e não precisar de um cachorro para viver.

esta precária eternidade,
a humanidade imensa
e estou a salvo
em mim mesmo.
o cimento que me constrói,
o acabamento da aptidão
se é humanamente impossível ser...
vou sendo... enlouquecendo

a realidade, este gato
com olhos estelares
mas meu pensamento acaba
num cachorro.

meu deus,
estamos sós.
temos que inser,
nas pontas-dos-pés,
estalando uma latinha
na presença líquida
das madrugadas dos entões.
eu sou um cara bom.
bom? pra quem?
é que quando estamos sós
inventamos um deus.

quando meu olho perdeu a paisagem
e as pessoas eram escassas,
este deserto no meu corpo
no tempo em que falávamos
com as duas mãos.
e nos defendemos assim
quando somos
e precisamos de alguém
que guie nossas almas
e essa expansão total
é proibida
o desespero controlado
eu começo ficar preocupado
quando o cachorro começa
acender o meu cigarro.

e vamos dormir dentro dos bichos
no começo dos atos da civilização.
o início dos gestos,
o fim do mundo.

as palavras... estes retalhos de gentes.
a compaixão de quem sabe
que está morrendo.
todos estão lúcidos,
lúcidos demais,
até perdermos a capacidade
de sermos humanos.

o meu olho começado,
o meu sorriso inacabado,
o meu corpo tem sido,
o meu peso.

não é o amor,
são as bactérias
que nos matam do coração,
cores que nascem para virar saldos
nós amanhecemos logo à noite.
existe uma necessidade de enquadrar
o ser humano.
o mundo não é aqui.
já é um risco estar vivo.
quando você fechar os olhos
foi isso que eu disse:
os sonhos de resultados,
o medo nos conforma.
fique tranquilo,
eu sou pior do que você

as mulheres são
as nossas igrejas,
a trilha sonora
de nossas babaquices,
aqueles seres que saíram
das lojas com suas comprinhas.
ééééé...
todo mundo chega lá!
todo mundo!
o mundo inteiro
chegará!

rico
qualquer babaca e otário
triste pode ser.
mas quando o pouco se faz urgência
até para ser pobre
e feliz,
tem de se ter competência.

é mais sincero dizer
eu percebi que comecei
morrer
quando comecei
falar
eu tinha certeza que nós estávamos errados.
ficar povoado destas gentes
minhas gentes.

falar é atravessar solidões
o prazer é uma dor invertida
como um pau é uma vagina
morrer não é nada não!
pior é ter coragem para nascer

no principado de curitiba
existem as intocáveis
mulheres bonitas
tudo bem, vocês estão no poder
e não se dão ao direito
de serem comuns
é que em todo homem
existe um tejo e um tédio
esta cultura de saques
e destruições
é difícil tocar nas pessoas
elas estão muito distantes
muito
estão vivas nos seus desertos
e no entanto nunca sendo

estão
não tem problema
podem me levar
ficar povoado destas gentes
minhas gentes
eu tenho uma riqueza
na minha boca
não são os meus dentes
este é o meu segredo
e que entre a euforia
e a depressão

se fez a civilização
entre o sim e o não
entre mim e o são
foi feita a nação
a azulidade é uma ilusão
espalhadas pelas as louridões devassas
nas luzes dos meus olhos

eu não preciso mais escrever
já me entendo uma palavra
ando
e assino-me embaixo
(não preciso escrever
já me entendo palavra
e ando
e assino-me embaixo)

este país verde
onde o sol amadurece

onde o mar amadurece
a cada saliva
este povo que vive em mim
este engano azul
ilhado dentro de nossa
miopia

somos idiotas convictos
ainda bem
estamos inseguros
dentro de nós mesmos
e vamos esfregando
nossas pontuações
como urticárias
estamos incomunicáveis
por mais que nos cumprimentemos
estou tentando dizer um
mundo diferente
e ele não quer me escrever

este ser semovente povoado
de curiosidades e alegrias que
já perdemos
que vive a destroçar
os meus poemas

são tantas as exigências para ser
o que é um fósforo depois de um incêndio
a inveja de um vaga-lume
o ser está cego no cadáver
quantas pessoas esse bicho
que vive em você come por dia
enterradas no cemitério do irajá
a arte nasce
de nossa insignificância
fundar o brasil
este país que amadurece
mal abrimos a boca

sabe aquele poema
que eu chorei pra você
em que as lágrimas
vieram mais rápidas
do que os sentidos?
pois é, ele que está aqui.
eu sou líquido,
as coisas sólidas.

é que a velocidade
com a qual você passa
só dá pra te ver por partes.
você é minha forma
e eu seu conteúdo
que é a sua forma
que é meu conteúdo.
assim nascemos.

algum dia eu te direi
obrigado de dentro de
um poema.
esse silêncio e a distância
entre as pessoas...
quantas realidades eu tenho
para chegar até ti?

mar de falares

aviso aos navegantes

este mar que enuncio
é o mesmo que desescrevo
quando estou a lançar faróis.
e a medida em que me afasto
creio nos azuis abismos,
mas sempre caibo no que leio,
como um barco no espelho
que vai consigo mesmo.

este mar em que me encontro,
espontaneamente avesso,
onde as ondas se equilibram
espumam-se por escrito
quase o que não sei falar
e flutua-me os sentidos
exilado num vasto risco
com o destino nu em pelo

este mar que trago a bordo,
entre tantas outras bússolas,
só pretende entornar-me.
deixar-me nos horizontes
num lugar que tão procuro
ou num canto profundo
de mapas sem rascunhos,
para ficar a ver navios.
este mar com o qual eu sonho,
insana-me marulhos,
é o mar que tanto me constrói
mas naufraga-me os olhos.
eu que sempre amei a deriva,
a músicas das maresias,
os dentes que dançam ao sol
corroendo minha vida.

este mar que me alucina
traz a linguística das luas,
suas marés e suas ironias.
a literatura das estrelas
com a insônia de horóscopos.
a gramática das nuvens
bovinas mortas na praia
na linguagem das hecatombes.

são muitos mares no mesmo mar
por isto indico o atlântico
de meu coração pacífico
onde suaves voam minhas aves
e trazem lindos prismas em feixes,
fluxos em escamas de peixes
com caligramas de outras terras
no vento venal desta era.

calmaria

quando o mar traduz o seu marasmo
o céu tem a mesma profundidade.
a língua das velas não acendem-se
e não inflamam o ânimo de quem viaja.
com isto o mar fica mais extenso
e a canção do vento, relaxa
o sono dos seres, sob ou acima
deste lento discurso, recende.

na palma da mão do silêncio
lê-se o porvir de outros ares.
as linhas que compõem os mapas
sem pressa começam a eriçar-se
e a pele do mar cigano, por fim
tornar-se-á um futuro pirata
a saquear fantásticas alvoradas
onde mora um motim dentro de mim.

nestes dias sem medos ou aspas
existe um grande desespero
que abarca o porão das palavras:
se escravas de outras viagens,
pelo destempero sossegado,
pensam na líquida liberdade
de embarcarem as metáforas
"por mares nunca d'antes navegados".

tempestades

brisas de sabores vorazes.
meu peito sequer tem coragem
de dizer-te o que foi a paisagem
o que vi, o que houve, ou não.
sei de tudo que estava parado
e as gaivotas engaivoitam-se
suas asas alastravam meu sonho.
era noite em meu coração.

chovo, o amor que não recebi
chovo-me cada vez mais e mais
a mulher que eu amo, não
era popa nem proa nem menos
aquilo que tento ou saiba.
encharco-me de saudades mesmo assim:
nuvens à atirar-se em meu barco
quando a calmaria vem tramar.

vozes, vultos, cartas, cartas..
velozes, sem no mínimo algum rumo.
todas elas embaralhadas,
perdi a noção de onde estava.
quem era você meu amor?
dentro de uma garrafa,
e as mensagens todas
embriagadas.

run, run, run, run, run:
loucos, corríamos e bebíamos
todas as ondas, os ventos e os mares
sintaxes que podíamos ouvir.
guiné-bissau, angola, macau e moçambique
estávamos fatais e grogues.
tudo o que pudéssemos seguir.
como um atol, um umbigo,
um coração no meio do mar,
para amparar nossas mãos.
águas violentas, corpo de mulher

a nos exigir e chacoalhar
para que não naufragarmos,
no meio de um beijo com o tempo
enquanto ainda estamos vivos.
horizontes: cabides de relâmpagos
onde me visto de herói, autor e ouvinte.
leste-me: a lua enua-se

KOTTER
EDITORIAL

Impresso em papel pólen 80g/m², tipografia Andada, no verão de 2019.